벅찬 변혁(變革)과 시련(試鍊)의 계절에 맞서는 것.
시가 없다면 얼마나 변칙(變則)이 난무하겠는가.

번잡한 예술(藝術)들이 모순을 기록하고 있을 지라도
시인은 어처구니를 아름다운 청정(淸正)으로 가꾸는
사명자다.

6년 만에 일곱 번째 시집을 펴내며 팽팽하며
짧게,
여운은 길게 신경을 써보았다.

출간에 지원을 아끼지 않은 방식 회장, 송봉구 회장님께
감사드린다.

2019년 겨울 최창일

차례

1장

함께 살기 위하여

2장

정신의 두 갈래 길

3장

내 안의 힘과 고독을 깨우는 숲으로 가다

4장

세상과 소통하게 하는 힘

5장

삶의 뒤안길로 나서는 길

6장

김경수(문학비평가) | 작품론 · 123

여백의 묘미와 응축으로 피워낸 시화무

—최창일 시인의『시화무』를 읽고

1장

함께 살기 위하여

길

길을 걷는다는 것은
발끝이 가는 것이다
어쩌면 발끝도 태생이
가보지 못한 곳을
보고자 하는 것이다

길을 가려는 것은
눈일까 마음일까
발끝일까
세상에 줄을
긋는 것이 길이다

허공

허공을 보면서 하늘을 본다고 한다
허공에 옷을 걸지 못하면서
평생을 허공에 생각을 건다

허공은 새들의 공간이다
새들은 평생 그곳을
날지만 삶은 허공을 걷다가 마친다.

비누

보이는 거품보다는
이상의 존재를 위하여
가벼워지길 소망한다
세상을 깨끗이 씻겠다는
의지와 집념이 강인하다
소망은 오로지
껍질을 가지지 않는다
그리고 소리를 가장 싫어한다
마치 우주의 결백 자처럼
늘 미끄러진다

깨달음

삶이 마르면 곁을 떠난다
새들도 마른 나무에 둥지를 짓지 않는다

가장 행복한 것은 푸르른 시간을
기억하고 더듬는 것이다

생각의 바구니에 회상의 시간이
가득하다면 성공한 삶이다

추억을 지키고
키우는 힘은 가장 거룩한 것.

청춘

푸르고 싶은 지금

나이와 상관없이

나부끼는 깃발

*무한 화서였다가

*유한화서도 되고

늘 푸름이 무성한곳.

*무한화서(無限花序): 밑에서 위로, 밖에서 속으로 피는 꽃(구심성)
구체에서 추상으로, 비천한데서 거룩한 데로
나아가는 시. 표현하지 못하는 세계

*유한화서(有限花序): 위에서 아래로 속에서 밖으로 피는 꽃

시화무

시詩 한가운데 숨은 씨앗은
보이지 않는 마음의 정원이다

소월과 동주 그리고
백석의 아름드리 느티나무가 있다

일송 미당 수영 동엽 납순은
무한대로 피우는 시의 꽃이다.

*시화무: 시의 꽃을 무한대로 피운다는 순수 우리말.

인
연

운명의 절반을

나누어 가지는 순간

희
망

20 키우는 자에게는

무한대로 커지는 것이다

이
해

이해하기 위해서 믿는다

믿기 위해서 이해한다

선택

선택은 선택 자의 것
많은 어부가 있었으나
베드로만이 갈릴리 랍비를 붙잡았다

우리는 날마다 오는 행복을
잡아야 한다
붙잡는 자가 베드로가 된다.

큰

눈

그대를 보는 것은

천년을 감지 않을 수 있다

어떤 기다림

동네 어귀 느티나무 그늘아래
할아버지가 버스를 기다리며
앉아 있다.
기다림은 반듯이 내린다는 확신이다.

바람 1

보이지 않는 존재지만
보이지 않게
존재의 힘을 부딪 친다

바람에 흔들리지 못하면
꽃이 피우지 못하듯
철들지 못한다.

음악

순수하다고 입버릇처럼
노래한다
어디에서 왔는지는 명확치 않으나
인류의 시작과 함께 멸망까지
그의 유랑은 계속된다

시

인간의 어려운 시기를 독려하고
시선이 고정할 균형점을 알려 준다
일상의 절망과 슬픔을 극복하는 기술자다.

시
2

누군가에게 위로라고 생각한다
당신이 혼자가 아니라는 것을
깨닫게 하는 목소리
어둠의 시기에 함께 하는 테레사 수녀

시
3

이성으로서 건드릴 수 없는

인생의 절단 부분을 다룬다.

2장

정신의 두 갈래 길

고독의 총정리

누군가 물었다
당신이 가장 고독한
순간은 언제 였나요

망설임 없이
대답했다
고독마저 가버린 시간이라고.

동행

가장 아름다운 것은
혼자가 아니라는 것

함께라면 어딘들
아름답지 않겠는가

함께라면 그곳이
바로 천국이다

그대를 볼 수 있는 자리
그대와 앉았던 자리.

행복한 산책

혼자서 둘이 되는 것

그대의 일기장에

기록되어 지는 것

자신에게 행복을 주고

축복을 해 주는 것

그리고 그림자를 동행 하는 것.

바다

희망이 밀려옵니다

하늘이 미역합니다

아픔의 소리가 쓸려도 갑니다.

봄

생각이 싹을 틔우고

고통은 겨울로 넘어가고

희망이 앞에서 꽃을 피운다.

대화

들어야 들리는 것인데
다 듣고 나서 말해도
시간은 충분한 것이 인생

길게 말하지 않아도
우리에게 긴 인생이
남아 있다

진중하게 들어주고
진심으로 이해하고
그리고 말을 해도 괜찮은 삶

듣고 나면 더 선명하게
들리는 것
듣는 것은 무엇보다 큰 선물이었네

예감

생각의 이전에 탄생한 말초신경

늘 나보다 먼저 가있는 서두름이다

끝없는 바람의 여행이다

존재

꽃이 바람의 존재이듯

그대는 내 존재다.

배려

연탄재를 차면서
신발이 더럽혀질 거라 생각하면
타인을 배려할 준비가 되지 못한 일이다

배려란 내 생각이
먼저 타인을 받아드리는 것
배려는 삶의 본질이다.

방향

비행기의 1등석이나
3등석을 타도
목적지 방향은 같다

차이에 간격을 두지마라
내릴 때는 같다
땅을 다 같이 향하여 잠든다

술

마음을 움직이게 한다
말이 넘치면 마음을 적시게 한다
생각보다 말을 부름이 문제다

자신의 화를 부르고
때론 용기를 일으키는
기사도의 위력을 가질 것이란
생각은 못했다

침묵

가장 큰 소리다
소리 없는 아우성이
가장 큰 메아리다

용기 있는 자의 태도다
침묵하는 자는 내공이 크다
아무리 무성한 언어라도

침묵을 모르면 가치가 없다
침묵은 또 다른 언어다.

사랑의 토기그릇

채워도 채워도 다시 담고 싶은 것

채워지면 변하지 않는 불변의 향기

허위를 담으면 쨍그렁 금이 가버린다

그래도 늘 허기지다

3장

내 안의 힘과 고독을 깨우는 숲으로 가다

산행

벗어나서 만나고
멀리서 돌아보는 일

어제의 시끄러움을 접고
다시 살아오는 사랑의 사람

그리하여 보지 못한
사진속마음을 만져 본다

지울 수 없으면 오르라
꿈의 텐션.

생각하는 사랑

당신이 부르지 않았지만
분명 소리는 더 크게 왔습니다
눈만 보이는 것이 아니라
마음이 보인다는 것을 알았습니다

멀리 있을 때
가장 큰 눈으로 보았습니다
부정이 떠나고
빽빽이 자란 마음의 사랑이 살아갑니다

다하지 못한 말
삼키고 묻혀 세상에 사라진
말이 아니었습니다

너에게 나에게 영원한 것은
어쩔 수 없는 것이란 것
지울 수 없는 것들 마음의 기록은
우리가 함께였다는 시간의 사실

한사코 말을 누르며 마음만 키우던 사랑
그러나 침묵할수록
너와 나는 뚜렷하여 집니다

말하지 않아도 벌써 그대는
네가 내 전부라고
수도 없이 고백하는 그 소리들.

본다는 것

생각에도 지문을 찍는다
말한다는 것은
내 일생에 문신처럼 조각을 하는 예술

손을 잡는다는 것은
일생에 너와 세상을
그리며 설계한다는 것.

사랑의 정의

사랑은 그 사랑을
약속함으로써

끝난다고 했든가
결혼을 함으로서
끝.

어떤 정의

세상에 가장 슬픈 것은
생각할 수 없는 대상이
되었을 때이다.

변명

사랑에서 하여서는 안 될
가장 아픈 참패다.

확실한 것

그리움이 없는 것은 사랑이 아니다
이 밤도 너의 총애 속에서
이야길 나누고 싶은 것이 사랑의 증거다.

사랑이란

주춤 거리다가 달리기도 하고

늘 빛깔 좋은 화선지

그대의 거울 속에 서 있고 싶어 하고.

사랑

가장 절박해야 하며
가장 훈훈해야 하고
무엇보다 진실해야
이루어지는 것.

사랑 2

약해지는 것

늘 상 흔들리는 것

세상에 단 하나뿐인 것이

잎새에 이는 바람에도

소스라치게 눈을 뜬다.

사랑 3

마음의 눈에 부드러움이
머무는 것이다

부드러운 것은
가장 강한 것이다.

마음

암흑 속 잔뿌리까지

바람을 감지한다.

세상을 큰 그림으로 그린다

무
지
개

비바람 뒤에 오는 것
상처의 시간이
두려움을 감춘다.

지혜

보이지 않는 것을

이야기 한다

맹인이 길을 안내한다.

던져진 감정

64 공을 던지는 운동경기를 보면

힘차게 하트를 던지고 싶다.

생각의 나무

마음에도 나무가 커가고 있다

생각과 마음이 동행하면

세상에서 가장 큰 정원이 된다.

뒤로 만질 줄 아는 사람

66

상대방의 쓰디쓴 눈물이 되어주고

가슴으로 행복을 피어주는 꽃

4장

세상과 소통하게 하는 힘

진심

비

가슴에 내리는 것
호수에 흔적 없이 내리듯

형태보다 소리가 우선인가
눈을 감고 느낄 수 있는

가장 정교한 선율

절규

누구를 향하여

지나가는 것

늘 마음에서 호소하고

흔들어버리며 알 수 없는 것

바람 2

생일

지금

지금 진실이 아니면
내일은 더욱 아니다
지금 보지 못하면
내일은 더 멀어진다
가장 소중한 것은
보고 있어야한다
오늘 그대의 눈빛
내일의 희망

그
날

별들은 말이 없었다
그저 빛나는 눈만 깜박거렸다

지나간 편린들이 일어나
나를 붙잡고 울먹였다

그대 맹세는
너만을 사랑하겠다던 그 말

영원히 함께 하자던 그 말
어디론가 사라진 그 맹세는

이미 네겐 낡아 버린
언어일테고 의미 없는 미련이었다.

눈 내리는 날

그리움도 쌓이는 것을 알았다

하얀 생각이 소복하게 내리는 것도.

용서

나에게 주는 선물

밝은 눈과

넓은 걸음걸이를 가진다

신이 가장 좋아 하는 은총이다.

행복

인간에게 행복은

근거를 둔다

행복은 볼 수 있는 자 만이

스스로 행복하여 진다

나누고 주는 자의 것.

장수

마음에 희망이 없으면
빨리 죽는다

마음에 사랑이 없으면
아프고 죽게 된다.

위
인

날마다 깨닫고
누군가 위로할 줄 아는
성공한 사람.

손

기쁨이 잡는 것
살아있는 동안
꼭 잡아야 할 사람.

노을

그리운 것을 가득 담고 다닌다
노을은 바다를 황금으로 물들이듯
사랑에게 늘 마음의 황금을 만든다.

고독

진정 고독한 사람은
고독이라는 것을 몰랐을 것
여러 겹의 고독이 있다는 것을
아는 데는 참 오래 걸렸다.

기
쁨

86 슬픔을 해방시키는 것

삶에 대한 더 큰 통찰력을

기르는 능력자.

추
억

가슴을 깎는 시간들

망각이 몰고 온 해질녘 기러기 떼 풍경.

운다는 것

강물과 함께 흐르는 것

인생의 한 부분이다.

감정

밀어 넣거나

구겨 넣어지는

슬프거나 기쁘거나

꼭 참석하는 감초 같은 존재다.

안개

아름답게 추억에 맴돈다

강물에서 솟아올라

소리 소문 없이 어디론가

사라진다.

검은 것

흰 것을 먼저 알아야
자신을 지킬 수 있다.

소리

귀 세워 듣는 자에게만 필요하다
바른 것만을 배달하여야 하는데
때로는 아픈 소식을 가지고 운다.

5장

삶의 뒤안길로 나서는 길

시장

어머니의 숨결을 가장
많이 느끼는 곳입니다

내가 애타게 찾던 순수를
살 수 있습니다

존재가 사고 팔립니다.

집

네 생각의
콩나물을 싹 틔우는 것

휴식이 충만하게
소파에 앉아 있는 애인.

우연

절대 놓쳐서는 안 될 일
우연은 잡고 생각하여도
후회하지 않는다

눈물

배고픈 자의 것일까
한 표 호소하는 정객의 호소일까
사랑의 마지막 부호일까
아니면 허위의 의식일까
너를 위해 울어주는
순수의 말이여.

부활의 고찰
기댈 곳과

기댈 곳이 있다면 행복한 것이다
기댈 벽이 없어 텅 빈 거리를 거닌다
갑자기 외로워지면 누구나
생각의 창을 연다

묻었다고 생각했던 사랑이
송글송글 일어선다
묻혀 진 뜨거운 불씨
하늘을 찌른다

내 안의 숨겨 왔던 것
어느 날 나도 모르게 꺼내 놓는다
부활은 아름다운 것
사랑은 반드시 부활한다.

공간

새벽은 빛이 시작 된다
빛이 시작 되면
공간이 시작 된다

누군가 들어와 실수할
공간이 있어야 한다
가장 넉넉한 자의 쉼터.

밀물

썰물이 밀물로 다시 오는 것은
부두를 사랑하는 것
오늘도 내가
그대의 마음으로 가는 것은
순전한 사랑 때문.

감동

104 일종의 계시자다
부활의 환생이며 한계를 극복하는
창조자다 명쾌함의 현실 경험자다.

빛

어둠의 시기를 지켜봐 주는 것
혼자가 아니라는 것을 깨닫게 하는
한줄기의 서광이다.

시간

열정이 대단하다

삶과 함께 세계를 넘나들기를

좋아 한다

정해진 범위 내에서 행동하며

규칙을 좋아 한다

늘 혼자서 걸어간다

비가 오나 눈이 오나

쉬지 않는 부지런함

하얀 머리를 만든다.

봉숭아

하얀 손의 손톱을 가장 좋아한다
첫 눈 내리는 날까지
손톱에 앉아서 쓰다듬는다.

단추

태생이 독일이다
세계인의 가슴에 달려
팽팽한 의무감에 늘 긴장한다.

꿀

자신은 태생이 꽃이라고 자부한다.

달콤한 생을 산다고

관능으로 사람들에게 다가간다.

물

깨끗함을 위해
늘 옷을 벗는다
낮아지길 더 낮아지길
일생을 보낸다.

생각

그곳으로 가봐야 겠다
수만 마리의 비둘기가 날듯
부딪히며 질주하고 치솟고 싶다

창
조
의

싹

아름다워요

소소한 말이

고통의 시간을

행복한 순간으로

위대한 힘이다.

취미

가진 자만의 즐거움 되고

걱정으로부터 자유로워지기도 한다.

시
선

희망으로 바라보는 자의 것

눈으로 건너가는 불굴의 정신

일기

기억을 함께 데리고 간다
소중한 보석을 꺼내 볼 수 있다.

고독

가지마 가지마

호수에 돌을 던지며

낮은 데로 흘러서
가장 낮은데 고이는 것이 있다면
그것은 그대의 눈물이다
오늘도 그대를 위해
빛나는 영혼의 돌 하나를 닦아
그대 가슴에 던지고 싶다
두꺼운 유리를 뚫는 햇살이라도
눈물의 밑바닥 까지는 닿을 수 없는 일,
그 깊은 데에 빠져 죽기 위해
돌멩이로 날아가
그대 깊은 물 바닥에 잠겨 무덤을 짓고
속치마까지 보이는 투명한 그곳에
하나의 사리로 남으려
발길에 체이는 돌멩이라도 아프지 않았다

더 깨어질 수 없는 부드러운 입술로
그대에게 잠기면
우리가 살아온 나이테보다 많은
파문으로 아파오고
그대 눈물 속에
하나의 탑이 솟아오를 것이다
이 세상 가장 낮은 데서 고이는
그대 모습위에 비치는 맑은 모습 하나를
그대에게 바치고 싶다.

6장

김경수(문학비평가) | 작품론

여백의 묘미와 응축으로 피워낸 시화무

—최창일 시인의『시화무』를 읽고

여백의 묘미와 응축으로 피워낸 시화무

최창일 시집 『시화무』를 읽고

문학비평가
김경수

작은 바위틈에서 솟아난 풀 한 포기에서도 인생을 보는 심미안이 있는 것처럼 한 편의 작품을 만들기 위해서는 많은 고뇌의 토양이 빚어져야 한다. 합당한 삶의 갈구와 긴장을 수반하는 상상想像의 공간이 필요할 것이다. 한 편의 시를 완성하기까지 이르는 심리적 갈등과 언어의 조탁彫琢이 빛날수록 그 시의 가치는 신선해질 것이다.

최창일 시인, 그의 글 속에는 인생의 온고이지신溫故而知新이 녹아 있다. 백 년도 못살면서 천 년의 계획을 세우는 우리를 보고 신은 웃고 있다고 했다. 그 웃음의 이면에는 가련히 여기는 페이소스적인 따스함이 내재돼 있음을 볼 수 있다.

깊어가는 가을 밤, 시인과 시인으로서의 만남을 넘어 또 다른 한 인격체로서, 또는 문단에서의 롤 모델로 모시고 싶은 분이 최창일 시인이다.

그의 시, 숲길을 걸으며 평범한 독자로 그의 내연內緣으로 침전해 보고자 한다. 자세히 들여다보면 최창일 시인의 시에 나타난 주된 주제는 넓은 의미에서 '삶'이다. '시의 본질은 인생이다'고 하는 말이 결코 낯설지 않다. 인생과 삶의 철학, 그리고 메시지기 현실의 정서를 파고드는 요소가 강하다. 그것은 현실적인 삶도 있고 종교적인 삶이 있기에 그렇다는 것이다.

일체무애인一切無碍人, 원효대사元曉大師의 말이다. 이 말은 속이 트인 자유자재인自由自在人이요, 이해타산利害打算을 초월한 사람, 즉, 지인至人이다. 모든 일이 막히지 않는 사람, 이 얼마나 멋있는 경지인가. 최창일 시인은 자신의 생을 군더더기 없이 깔끔하게 살아온 모습에서 알 수 있듯이 그의 시 또한 간결하고 응축된 언어와 생동감 있는 여백과 늘어지지 않는 긴장감이 독자로 하여금 자세를 바로잡고 책장을 넘기게끔 인도하고 있다.

그의 시집『시화무』는 응축된 시어로 사람의 마음과 사물의 이치를 아름답고 담백하게 그려내고 있다. 영국의 정형시 14행의 소네트와 일본의 3행시 하이쿠를 연상하며 읽는 내내 긴장하지 않을 수 없었다.

눈에 보이는 것은 한계가 있고 보이지 않는 것은 하해河海와 같다. 순간일수록 생각과 말보다는 마음으로 읽고 마음으로 말해야 하는 깊고 넓은 침묵의 정원을 가졌다고 볼 수 있다. 또한 언어로 표현하지 않은 여백과 여운은 읽는 독자들의 몫으로 남겨두고, 함께 소통하고자 하는 것이다. 이는 최창일 시인만이 가지고 있는 장점이기도하다.

시집의 제목인『시화무』는 한글이며 형상화된 침묵의 언어로 삶의 자세의 본질만을 낚아 올린 생활의 지침서이다. 시화무를 굳이 풀어보면, 시의 꽃을 무한대로 피우고자 하는 화자의 메타포라 할 것이다. 천리향이라는 꽃이 있듯이 시에는 시화무라는 꽃이 있다고 보면 될 것이다. 시의 꽃이 피고 열매를 맺고 그 파생된 씨앗들은 꽃을 피우며 무한대의 생을 살 것이다.

최근에는 길고 어려운 시에서 독자들이 점점 멀어지고, 세계적인 소네트와 하이쿠 형식의 글을 쓰는 사람들이 서서히 늘고 있는 추세로 볼 때, 아포리즘의 백미를 선물 받은 것과 다름없는『시화무』는 가을처럼 깊고, 잔잔하게 필자를 시의 숲길로 이끌고 있다.

이제 그의 잠언과도 같은 간결한 시를 읽는 동안 눈으로 보고 마음으로 이동하는 순간이동의 묘미 속으로 가보고자 한다.

1. 함께 살기 위한 길과 침묵

길을 걷는다는 것은
발끝이 가는 것이다
어쩌면 발끝도 태생이
가보지 못한 곳을
보고자 하는 것이다

길을 가려는 것은
눈일까 마음일까
발끝일까
세상에 줄을
긋는 것이 길이다

-「길」전문

사람들은 오늘도 길을 걷는다.

세상의 모든 역사는 손끝과 발끝에서 기록되어 진다.

위의 시 1연 3행의 '어쩌면 발끝도 태생이'라는 이 표현은 걷기 위해 존재하는 발의 속성을 보여주고 있다. 2연을 보면 '길을 가려는 것은 /눈일까 마음일까/발끝일까/세상에 줄을/ 긋는 것이 길이다.' 고 했다. 눈으로 길을 가고 마음으로 길을 간다는 것은 그 어떤 외연적인 일에 의해 길을 걷는 것이고 마음으로 걷는다는 것은 가슴으로 길을 걷는다는 것이다. 안과 밖, 인간의 희로애락은 변덕스런 날씨 같아서 예측 할 수 없다. 이 모든 것을, 역사를, 발끝은 부지런히 실행에 옮길 것이며 또 하나의 흔적을 세상에 남길 것이다.

그것이 행복이던 불행이던 간에 진솔한 삶의 고락을 안고 발끝은 길과 함께 영원한 동반자가 되어 세상에 줄을 긋고 함께 갈 것이다.

가장 큰 소리이다
소리 없는 아우성이
가장 큰 메아리다

용기 있는 자의 태도다
침묵하는 자는 내공이 크다
아무리 무성한 언어라도

침묵을 모르면 가치가 없다
침묵은 또 다른 언어이다.

-「침묵」전문

잠자는 바위 깨울 수 있는 자 누구일까.

그 천만 년 잠 속에 기록 되어진 역사를 읽을 자 누구일까. 아마 아무도 그 침묵의 덩어리를 감히 건드릴 수 없다. 침묵은 금으로서 환산할 수 없는 거대하게 살아있는 잠이다.

침묵은, 그 어떤 말보다, 언어보다 깊은 의미의 힘을 가지고 있다. 가슴 밭에 숲을 이루고 있는 한 그루의 나무다. 그 침묵은 우리의 인생을 살찌우는 생각이 흐르는 강이다. 그래서 시인은 감히 말한다. '가장 큰 소리다/소리 없는 아우성이/가장 큰 메아리다.' 고.

만약에 바람이라도 그 침묵을 건드리면 그 쌓였던 내공이 원자탄처럼 폭발하여 암흑의 세계를 만들지도 모른다.

누구를 향하여
지나가는 것
늘 마음에서 호소하고
흔들어버리며 알 수 없는 것

-「절규」전문

인간의 가장 원초적인 말초신경의 몸부림이 육체로 표출되어 나오는 것이 절규다. '절규', 하면 노르웨이 화가 에드바르 뭉크를 떠올리지 않을 수 없다. 인간이 긴 세월을 영위하며 절망과 당혹감에 치를 떨어본 적 한두 번 없는 사람은 없을 것이다.

작품의 「절규」는 뭉크의 그림 '절규'처럼 매우 강렬하고 역동적일 수 있다. 우리의 현실에서 우리는 모든 일에 막혀 버린다. 대인관계에서 막히고 대물對物관계에서도 막힌다. 그래서 화자는 절규하지 않고는 험난한 세상을 살아 낼 수 없는 현대인의 불안과 감시의식을 일으키고 있음을 암시하고 있다.

또한 자의식 속에서 꿈틀거리는 벽을 무너뜨리기 위한 방법으로 '절규'가 하나의 치유방법임을, '흔들어버리며 알 수 없는 것'「절규」4행, 으로 제시하고 있다.

운명의 절반을

나누어 가지는 순간

-「인연」전문

가을빛이 철 시린 하늘에 걸려있다.

저 홀로 떠있는 달은 하늘 깊은 강에 몸을 담그고 눈부시게 부셔져 대지를 밝힌다. 그 달 아래서 월하노인月下老人이 책을 뒤적이고 있다.

오늘 밤은 어떤 사람들을 만나 인연의 실타래를 풀어 묶어줄까 고민 중인 것이다.

노인의 곁에는 인연을 끈으로 묶어줄 실타래가 준비되어 있다. 중국의 설화에서는 월하노인이 혼인을 관장하는 신으로 소개되고 있다. 인간의 힘이 아닌 그 어떤 신적인 존재에 의해 전생에서부터 정해져 있는 것을 우리가 인정한다면 그 인연은 엄청나게 큰 감사로 다가와 소중하게 다뤄질 것이다.

시인은 그의 시에서 이미 '운명의 절반을/나누어 가지는 순간' 이라고 언급했다. 이 표현은 만나는 순간 서로를 알아보고 나를 그대에게 전적으로 맡긴다고 하면 적절할 것 같다.

이처럼 인연은 사람의 생각을 초월한 운명론 적인 자세로 다가가야 더 깊어질 것이다. 길을 걷다가 어깨를 스치는 인연도 수억 만분의 일 일진데 그대와 나, 함께 길을 걷는 이 순간을 악연으로 만들지 말 것을 시인은 간곡히 부탁하고 있다.

2. 정신의 두 갈래 길

누군가 물었다
당신이 가장 고독한
순간은 언제였나요

망설임 없이
대답했다
고독마저 가버린 시간이라고.

-「고독의 총정리」전문

김현승의, 고독의 세계에 완전 몰입한 상태의 절대 고독을 떠올려 본다.

그러나 완전 몰입을 떠나 시, 2연의 3행에서 고독한 시간은 '고독마저 가버린 시간이라고.' 시인은 말하고 있다. 어쩌면 그 텅 비어있는 시간 속에서 나약한 인간은 존재의식을 불러일으키며 일대 일로 신과의 만남을 주선하는 일을 벌일지도 모른다. 고독 속, 신과의 생면은 위험천만한 일탈의 길을 걸을 수 있어 극히 절제하고 자아를 살찌게 해 성찰의 시간을 가져봄이 바람직 할 것이라는 화자의 고독에 대한 해답이다.

그러기에 고독의 순간은 홀로 불 밝히는 만찬과도 같아서 모든 걸 내려놓고 흐르는 시간을 즐겨야 한다. 그 고독을 즐기지 못하고 고독의 노예가 된다면 자신도 모르는 깊은 우울감에 빠져 늪 속에 갇혀 버리고 만다. '고독마저 가버린 시간이라고' 해도 고독이 떠난 자리는 분명 비어있는 자리가 아니기에 말이다.

다음으로 「동행」과 「행복한 산책」 두 편을 음미해 보자.

가장 아름다운 것은

혼자가 아니라는 것

함께라면 어딘들

아름답지 않겠는가

함께라면 그곳이

바로 천국이다

그대를 볼 수 있는 자리

그대와 앉았던 자리.

-「동행」전문

혼자서 둘이 되는 것

그대의 일기장에

기록되어 지는 것

자신에게 행복을 주고

축복을 해 주는 것

그리고 그림자를 동행 하는 것.

-「행복한 산책」

한자인 사람 인人자를 보면 서로 기대어 서 있다.

분명 혼자가 아니다.

인간은 사회적 동물이기에 동행이라는 말을 앞세울 수밖에 없다. 홀로 있던 자리는 고독하고 외롭지만 둘이 머물던 자리는 따뜻한 온기를 품고 있어 그곳에 타인과의 행복을 들일 수도 있다. 서로 기대어 허물어지지 않는 사랑, 그것이 바로 동행이다.

또한 그의 시, 행복한 산책 1연을 보면 '혼자서 둘이 되는 것/그대의 일기장에/기록되어 지는 것' 이라고 했다. 상대가 없으면 어찌 가슴에 상대를 품을 수 있겠는가.

빈 가슴에 그대를 앉히고 그대를 마음 깊은 곳에 기록하고 아름다운 그림자와 둘이 넷 이 되어 길을 걷는다면 각박한 세상도 훈풍으로 일렁일 것이라는 시인의 고급감정을 나타내고 있다. 이번엔 「허공」이란 시로 이동해 보자.

허공을 보면서 하늘을 본다고 한다
허공에 옷을 걸지 못하면서
평생을 허공에 생각을 건다

허공은 새들의 공간이다
새들은 평생 그곳을 날지만
삶은 허공을 걷다가 마친다.

-「허공」전문

위의 시 허공은 일체만물을 수용할 수 있고 무한무욕의 생명 주머니라고 말하고 싶다. 비를 만들어 대지를 살리고 노여울 땐 태풍을 동반하고 세상 우주만물 허공을 향해 머리 두고 삶을 영위한다. 두 손을 모으고 기도하는 몸과 마음도 분명 허공을 향하고 있다.

위 시에서 1연의 2~3행을 보면 '허공에 옷을 걸지 못하면서/평생을 허공에 생각을 건다'. 고 했다. 허공의 아주 작은 의미는 공간이라고도 할 수 있다.

우리가 머리 두고 사상의 깊은 우물을 퍼 올리는 곳 또한 공간이자 허공이다. 만약 허공이 어떤 밀도로 가득 채워져 있을 경우 숨통은 막힐 것이고 인간의 삶은 질식 그 자체일 것이다. 허공에서 숨을 쉬며 사상의 꽃을 피워내 허공에 생각을 걸 수 있음은 신이 주신 은총이자 축복이다.

같은 시 2연 1~3행을 보면 '허공은 새들의 공간이다/새들은 평생 그곳을 날지만/ 삶은 허공을 걷다가 마친다.'고 했다. 너무 광활해 끝이 없는 허공, 티끌 하나 없는 빈 손 인 것 같지만 그 무한의 힘은 인간이 대적할 수 없는 신비의 구역이므로 우리가 늘 감사하면서 우러러 보아야 할 대상이 바로 허공인 것이다.

3. 내안의 힘과 고독을 깨우는 숲으로 가다

'당신이 부르지 않았지만/분명 소리는 더 크게 왔습니다./눈만 보인다는 것이 아니라/마음이 보인다는 것을 알았습니다.' -

「생각하는 사람」1연 '다하지 못한 말/ 삼키고 묻혀 세상에 사라진/말이 아니었습니다.' -「생각하는 사람」3연을 들여다보면 '관세음觀世音'의 어원을 찾아 잠시 눈을 감고 침묵하면 어떨까 싶다. 부르지 않았지만 침묵 속엔 분명 소리의 메아리가 있고 그 소리를 따라 가다보면 그대를 만날 수 있을 것이다. 즉 생각은 잠자는 바위가 아닌 침묵이라는 거대한 유형의 포자라고 말할 수 있다.

같은 시 5연 2~3행 에서 '그러나 침묵할수록/너와 나는 뚜렷하여 집니다.' 라고 했다. 이는 티끌하나 없는 명징明澄함의 세계를 그리고 있다. 마음껏 그대를 만나며 위로하고 위로 받고 금세의 사랑을 키워나간다면 굳이 고백하지 않아도 위대한 사랑의 터전을 마련할 수 있다는 화자의 확신을 말하고 있다.
다음은 그의 시, 「변명」을 보자.

사랑에서 하여서는 안 될
가장 아픈 참패다.

-「변명」전문

「변명」은 총 2행의 17자로 된 아주 짧은 시다.
플라톤의 〈소크라테스의 변명〉을 생각해 본다. 여기에서 우리는 자기정당화와 완벽을 생각하지 않을 수 없다. 대다수의 사람들, 자기만의 허술한 담장을 쳤을 때 침을 발견하고서 헐어서 다시 칠 수도 없는 난감한 상태에 도달한다면 타인을 의식하지 않을 수 없을 것이다. 빗발쳐 오는 질타 앞에 완벽해지려면 자신의 견해를 정확히 밝혀야 할 것이고 때론 어쩔 수 없는 비겁한 변명을 앞세워야 할 때도 있을 것이다.

가장 아픈 참패란 환란과도 같아 회복하기 힘든 과정을 겪을 수도 있으므로 어떠한 일이 있어도 우리는 완벽에 가까운 자기 관리로 세상을, 사랑을 엮어나가야 함을 강조 하고 있다. 그렇지 않으면 '변명'의 2행에서와 같은 '가장 아픈 참패다.' 를 당할 수 있다는 섣부른 사랑에 대해 일침을 가한다.

그의 시,「사랑1」,「사랑2」,「사랑3」을 읽다보면 일렁대는 잔물결이 떠오른다. 늘 깨어 손짓하는, 사랑의 즐거움은 진실에 있다. 참된 사랑은 두려워하지 않아야 하는 것을 말해 주고 있다. '잎 새에 이는 바람에도/소스라치게 눈을 뜬다.'-「사랑2」4~5행, 이 얼마나 겸손을 아는 사랑인가. 사랑할 때는 누구나 시인이 된다는 말이 살아있음의 증거이다. 수많은 사람들이 위대한 사랑을 꿈꾸는, 이 출렁이는 설렘의 산실에 욕심 없고 부끄럼 없는 평정한 사랑을 부린다면 행복과 직결됨을 암시하고 있다. 하지만 사랑은 마술과도 같고 아침 이슬과도 같아서 덧없고 덧없지만 사람들은 이 사랑에 하나밖에 없는 목숨을 걸고 무모한

도전장을 내건다. 가차 없이 부서져 깨질지라도 말이다. 사랑의 묘미를 일깨워주는 작품들이다.

4. 세상과 소통하게 하는 힘

가장 깊은 우물

진실의 광장

-「진심」전문

진심眞心의 진은 참, 변하지 않는, 생긴 그대로 이고 심은 마음, 심장, 가슴을 뜻한다. 진심에 대한 수두룩한 명언들이 있지만 진심은 진심, 그 자체로 순도 백 이어야 한다.

일화를 읽어보자. 중국의 공자가 제자들과 함께 진나라로 가던 도중 밥 때문에 잠시나마 제자 안회를 의심했던 자신을 후회스러워 하며, 이런 말을 했다. “예전에 나는 나의 눈을 믿었다. 그러나 나의 눈도 완전히 믿지를 못하게 되었다. 그리고 나의 머리도 믿었다. 그러나 나의 머리도 역시 완전히 믿을 것이 못되는 구나. 너희도 보고들은 것이 꼭 ‘진실’아닐 수 도 있음을 명심하거라.” 했다고 한다. 하물며 성인 공자도 이렇게 오해를 했는데 우리 같은 보통 사람은 어떠하겠습니까?

여기서 화자는 아무렇게나 무질서하게 난무하는 세상의 현실과 그 속에 사는 인간의 선부른 판단을 꾸짖고 있으며, 세상과 사람과 소통하게 하는 힘은 진심임을 일깨워 주는 인식을 보여 주고 있다.

보이지 않는 존재지만
보이지 않게
존재의 힘을 부딪친다

바람에 흔들리지 못하면
꽃을 피우지 못하듯
철들지 못한다.

-「바람1」전문

이 저녁, 창문을 흔드는 이 있어 내다보니 바람이다.

어느새 저쪽으로 지나가 버려 잡을 수 없지만 갔다가 되돌아와 창문을 흔들곤 한다. 요즘은 고층 건물을 설계할 때 바람의 주된 길을 일 년 여간 관찰한 뒤 건물을 짓는 다고 한다.

바람의 길을 잘 이용하면 도시의 열기를 식혀줄 수 있고 유해물질을 넓은 창공으로 내보낼 수 있는 커다란 효과를 볼 수 있다고 한다. 형체도 없이 인기척 하나로 존재를 드러내는 바람은 무형의 거대한 힘을 지니고 있음이 분명하다. 화자는 2연에서 '바람에 흔들이지 못하면/꽃이 피우지 못하듯/철들지 못한다'고 했다.

흔들린다는 건 살아있음의 증거이고 다가와 함께 하자는 몸짓이며, 함께 하는 소통의 신호이다. 즉 세상의 바람에 노출된 삶일수록 단단히 영글어 넓은 안목과 혜안을 가질 수 있음을 의미한다. 이것이 우리들의 세상과 소통하게 하는 보이지 않는 강한 힘 인 것이다.

'그리움도 쌓이는 것을 알았다/하얀 생각이 소복하게 내리는 것도' 시 「눈 내리는 날」 전문이고 '가슴을 깎는 시간들/ 망각이 몰고 온 해질녘 기러기 떼 풍경' 시 「추억」의 전문이다.

그리움의 시간은 가슴을 깎는 시간이다. 그 잔해들은 눈처럼 소복이 쌓일 것이다. 그리고 눈 속에 묻힌 아린 편린들은 망상이 아닌 망각의 시간들로 얼마든지 그 기억을 되살릴 수 있다. 망상은 늪이고 망각은 뒤로 나 앉았던 심상을 들추어 낼 수 있는 해질녘 기러기 떼 풍경 같은 추억의 사실화다. 그리고 나만이 아닌 여럿이서 함께 볼 수 있는 이 광경은 단절된 세상을 소통의 장으로 인도할 수 있는 연결고리를 마련해 줄 수 있는 훈훈한 계기가 된다는 것을 이야기 하고 있는 것이다.

5. 삶의 뒤안길로 나서는 길

어머니의 숨결을 가장

많이 느끼는 곳입니다

내가 애타게 찾던 순수를

살 수 있습니다

존재가 사고 팔립니다.

-「시장」전문

인생의 질펀한 숨소리를 가장 적나라하게 들을 수 있는 곳을 찾아 여행을 떠나라고 한다면 필자는 아마 시장으로 갈 것이다. 삶의 파노라마를 몸으로 느낄 수 있는 곳, 인생의 희로애락을 어깨에 메고 외치는 분주한 절정, 그 울림 속엔 원초적인 삶의 질곡, 그 안에서 순수를 발견할 수 있는 곳이 시장이다. 서성이는 정서가 혼란스러움 같기도 하지만 그 곳에서 이루어지는 모든 거래는 질서정연하게 이루어지고 있음은 놀라울 따름이다.

시인은 이 시장에서 엉클어진 삶에 하나의 실마리를 찾는 지혜를 우리에게 제시해 주고 있다.

그의 작품「청춘」을 만나 보자.

푸르고 싶은 지금

나이와 상관없이

나부끼는 깃발

무한 화서였다가

유한화서도 되고

늘 푸름이 무성한 곳

-「청춘」전문

백발삼천장을 예상 못하고 덧없이 보내온 시간을 내려다보다 울창한 숲 새 소리에 귀 기울여 본다.

어느 수필가의 '그릴 수 없는 새소리'를 연상하며 무한화서와 유한화서도 되는 청춘! 그릴 수 없는 새소리처럼 소리 없이 나부끼는 깃발의 아우성 또한 만질 수 없고 볼 수 없는 활화산의 영역이며 이 세상, 미래의 원천인 청춘들의 함성일 것이다. 재생불능의 환경에서도 수천 번의 시도로 다시 설 수 있는 기개를 가졌음이 큰 재산이 청춘이다. 울창한 숲으로 둘러처진 그 세상은 늘 즐겁고 활기찬 비밀의 정원이다.

매사를 긍정적으로 받아들이며 살아온 지난날이 있기에 시인의 얼굴엔 세월을 가늠할 수 없는 젊음과 열정이 넘쳐나고 있다. 그래서 시인은 '늘 푸름이 무성한 곳'을 그리워하는 청춘이기를 바라는 것이다.
마지막으로 그의 작품 「단추」를 채우며 최창일 시詩의 숲길을 나가고자 한다.

태생이 독일이다
세계인의 가슴에 달려
팽팽한 의무감에 늘 긴장한다.

-「단추」전문

어느 시인의 시를 인용해보자. '꼭꼭 채운 단추는 풀어보고 싶어지고/ 과하게 풀어진 단추는 다시 얌전하게 채워주고 싶어진다.'는 구절처럼 단추의 속성상 늘 긴장하지 않을 수 없는 상황이 우리 삶과도 무관하지 않다. 단추가 제 기능을 상실 했을 때 벌어지는 사고는 해프닝이 아닌 돌발의 사태로 발전 될 수 있으므로 시인의 말처럼 우리는 늘 팽팽한 의무감으로 긴장하는 삶을 살아야 하고 또한 현대인의 아슬아슬한 삶을 단추라는 사물을 통해 표출하고 있는 것이다.

6. 나가면서

사람이 그리운 날, 필자는 최창일 시인을 만난다. 최창일 시의 모토가 '시화무' 라면 그의 삶의 모토는 '감사' 이다. 시를 통해 자신의 의지를 강하게 드러내기도 하며, 주체할 수 없는 내면의 욕구를 노랫말로 만들어 아름다운 청각의 언어로 승화 시키는 시인이기도 한 그는 올곧은 정신의 소유자로도 잘 알려져 있다.

강력한 태풍 '콩레이'의 여파로 빗방울이 늦은 밤을 적시고 있다. 빗방울처럼 여럿이지만 혼자일 수밖에 없는 인생의 여정에서 『시화무』는 빗속에 한기를 느끼는 현대의 모든 이들에게 따스한 온기를 선물하는 생활철학의 지침서라고 감히 말할 수 있다.

앞서 작품을 살펴보았듯이 과거 작품보다 이번 작품들은 더욱 호흡이 짧아졌다. 내용 면에서도 언어의 함축(경제성)은 물론 시가 가지는 내면의 구조성에서도 말수를 줄이므로 시의 상상적 외연까지 활달하게 확장해 내고 있다.

그리고 그의 시작 태도는 두 종류의 시안을 보여주고 있음을 전편에 흐르는 작품을 통해 읽을 수 있다.

즉, 자신을 바라보는 내면의 눈과 타인을 바라보고 배려하는 외면의 눈이 그것이다. 내면에 깊숙이 감춰져 있는 자신을 들추어내 인정하는 눈, 그 눈은 깨닫는 화자를 만들고 다듬어서 어제와 나를 단절시키고 매 순간마다 자신을 수련시킨다.

또한 저급 감정이 많은 인간세상을 바라보는 외면의 눈은 사랑의 다독임과 포용, 그리움과 배려, 인정과 내려놓음이다.

시인은 이와 같은 시안詩眼에서 어찌 보면 길기도 하고 짧기도 한 삶속에서 늘 새롭고 올바른 지향점을 찾고 있다. 이번 시집, 『시화무』의 간결한 눈빛, 선명한 몸짓은 시어 너머 시인의 감정을 보여주는 특징을 가지고 있다. 그의 시 속에는 사물의 본질을 구체적으로 보는 응축된 눈이 있다. 그 구체성 속에서 시의 본질과 살아있는 의미를 찾아내는 시인, 최창일. 앞으로 그는 또다시 어떠한 잠언서를 펴들고 우리 앞으로 다가올지 눈 여겨 볼 일이다.

시
화
무

가격 _ 12,000원

1쇄 인쇄 _ 2019년 2월 1일 | 1쇄 발행 _ 2019년 2월 4일

지은이 _ 최창일 | 펴낸곳 _ 마이스터 하우스

펴낸이 _ 방식 | 간행대표 _ 양봉식
편집디자인 _ 디자잉(조진환) | 인쇄 제작 _ 글로리디 컨엔컴
업무관리팀 _ 방춘이, 방춘화
문학기획팀 _ 조제헌, 방정선, 박진두
자료기획팀 _ 강민경, 정현숙, 문채원, 정다은, 정혜린
도운이 _ 형문숙, 곽승자, 조창기, 조신자, 이윤희, 문명숙, 이숙련, 박예정
서울특별시 종로구 대학로 77 (연건동)
전화 _ 02) 747-4563 FAX _ 02) 763-6795
등록 _ 제 300 - 2005 - 163
홈페이지 _ www.bangsik.co.kr
ISBN _ 979-11-960287-0-1

시인 최창일

전남 무안 출신으로 『시와 사람』을 통해 시를 쓰기 시작하며 감성적이고 서정적인 시를 쓰고 있다. 광운대학교에서 총장 비서실장, 총무처장, 신문사 주간, 바기오대학 교환교수를 비롯해 교직에 20여년을 보냈다. 기독교문화신문 사장 겸 발행인, KBS편성부, 대한아이스하키협회 이사, (주)씨스쿨대표 이사, 한국문인협회 감사, 한국현대시인협회 부이사장, 국제펜한국본부 이사 역임. 서울신문 칼럼을 비롯한 시정일보논설위원, 한국현대시인협회 지도위원, 한국문인협회 홍보위원장 겸 대변인. 서울도시문화연구원(사) 연구위원으로 활동을 하고 있다. 한국언론사협회 문화발전공헌대상 수상. 한국문인협회 공로상. 시집으로 『혼자 있는 시간』, 『좁은 길을 걸을지라도』, 『마음의 정원』, 『봄날 깨닫다』, 『꽃잎에 앉은 그대마음 세상 모두 아름다워라』, 『사랑하라 빛이 그림자를 아름다워 하듯』, 산문집으로 『오늘도 우리의 삶에는 향기가 있다』, 『아름다운 사람은 향기가 있다』, 5년 연속 스테디셀러로 『살아 있는 동안 꼭 해야 할 101가지』 가 있다. 가곡 『행복한 산책』 등 수많은 작품을 발표중이다.

시화무

최창일 시집

마이스터하우스

시인의 말

바람이 불면 나무들은 긴장 한다.
뿌리는 암흑에서 바람을 감지하며 세상을 바라본다.
시는 모든 것을 긴장 시키는 것을 벗어나
여유롭게 하는 힘까지 가진다.

소소한 것에 집착을 버리는 것이 시다.
내가 무엇을 더듬을 줄 알게 하는 점검자다.
시대를 따라가게 한다.
인류의 모든 사람과 손을 잡게 하는 것이 전부라 해도 좋다.

어둠은 자연에게만 있지 않다.
삶의 희망이 사라진 것, 삶의 의미가 없는 것도 어둠이다.
마음을 바꾸고 생각을 키우는 것이 시다.
파도의 강인함은 흔적을 지우고 상처치우의 시파(詩派)와 같다.